헌팅턴비치에 가면 네가 있을까

헌팅턴비치에 가면 네가 있을까

이어령 시집

열림원

서문

네가 간 길을 지금 내가 간다.

그곳은 아마도 너도 모르고 나도 모르는 영혼의 길일 것이다.

그것은 하나님의 것이지 우리 것이 아니다.

2022년 2월 22일

이어령

차례

1

까마귀의 노래

2

한 방울의 눈물에서 시작되는 생

3

푸른 아기집을 위해서

4

헌팅턴비치에 가면 네가 있을까

·
5

부록

i

까마귀의 노래

당신에겐 눈물이 있다

당신에게 눈물이 있다는 것은
영혼이 있다는 것
사랑이 있다는 것
누군가를 사랑하고 애타게 그리워한다는 것
그리고 뉘우친다는 것

내가 아니라 남을 위해서 흘리는 눈물은
비가 그치자 나타난 무지개처럼 아름답다

눈물에 젖은 빵을 먹는 것은
가난 때문이 아니다
가난을 넘어서는 사랑의 눈물에서만
영혼의 무지개가 뜬다.

꽃과 빵

꽃은 먹을 수 없지만
빵을 씹는 것보다는 오래 남는다
향기로 배부를 수는 없지만
향로의 연기처럼
수직으로 올라가
하늘에 닿는다

들에 핀 백합은 밤이슬에 시들지만
성모마리아의 순결한 살을 닮은
흰빛이 대낮보다 밝다
붉은 튤립은 화덕 속의 빵보다
뜨겁게 부풀어
속죄의 피보다 더 짙다

짐승처럼 허기진 날에도
꽃은 아무 데서나 핀다
들에도 산에도

먹지 못하는 꽃이지만

그 씨가 말씀이 되어 땅에 떨어지면

나는 가장 향기로운 보리처럼

내 허기진 영혼을 채운다.

야곱의 우물물이 눈물이 되던 날

대낮에 홀로 물을 길러 왔다가
사마리아의 여인은 알았네
지금까지 대대손손 사람과 가축을 먹인
저 야곱의 우물이 제일인 줄 알았는데

다섯 남자를 잃고 이제 눈물도 마른 날
야곱의 우물가에 물 길러 왔다가
천 길 보이지 않는 우물 바닥에서
길어 올려야 할 물이 있다는 것을
그제야 알았네

물 한 모금 떠달라고 했는데
본 체도 하지 않던 사마리아의 여인은
두레박줄도 없이 우물물을 길어 올리는
낯선 이방의 나그네를 보고 무릎 꿇었네

기다리던 분이 오셨다

천년을 찾던 분이 오셨다
맨발로 달려가 동네방네 외칠 때
사마리아 여인이 떠난 그 자리에 앉아
이방의 나그네는 울고 있었네

조용한 대낮 야곱의 우물가에서
낯선 이방의 나그네는
우물물이 고이듯 눈물 흘렸네

그 눈물이 사마리아 여인의 가슴을 적시고
동네 사람들 불타는 갈증을 식혀준 것을
그때는 아무도 몰랐다네

야곱의 우물가에서 흘린 눈물이
영원히 죽지 않는 생명의 물
십자가에서 흘린 붉은 피였음을
아주 먼 뒷날에서야 알았다네.

눈물 없이는 먹을 수 없는 빵

내 눈물이 진주라면 내 손에 든 빵은
바다
거칠게 파도치고 때로는 해일처럼
효모균을 뿌린 것처럼 부풀어 오르지만
그 바다는 작은 진주알을 키운다

눈물 없이는 먹을 수 없는 빵
무슨 열매가 이리도 매워 고추 먹은 듯
뜨거운 입김
한 조각 빵을 먹기 위해
나는 유다처럼 사랑하는 사람을 판다
너를 찌르지 않고서는 내가 먹을
빵을 얻을 수 없다
이마에 땀이 흐르지 않으면
눈에서 눈물이 흐르지 않으면
야윈 정강이에 피가 흐르지 않으면
먹을 수 없는 빵

내 눈물이 진주라면 내 손에 든 빵은
바다.

기도는 접속이다

친구와 말하고 싶을 때 나는 컴퓨터나
호주머니 스마트폰으로 접속합니다
보이지 않는 곳에 그가 있어도
들리지 않는 곳에 그녀가 있어도
나는 접속할 수 있습니다
그와 그녀의 아이디만 알면

기도를 드릴 때에는 두 눈을 감고 손을 모읍니다
자판을 건드리는 엄지손이 아닙니다
아이디는 주 예수, 암호는 할렐루야와 아멘
보이지 않아도 들리지 않아도
그 빛과 소리는 내 가슴의 패널 위에
떠오릅니다

두드려라 그러면 열릴 것이다
키보드를 두드립니다
혹은 터치스크린을 애무하듯 손끝으로 건드립니다

사이버 공간에서 친구를 만나듯
이제 두 손만 모으면 성령의 공간으로
접속할 수 있습니다

친구에게 문자를 보낼 수 있는 것처럼
그렇게 아주 가까이 오늘 나는 기도를 드립니다
저 영원한 빛과 소리에 접속하기 위해서
주님의 비밀번호를 찾기 위해서
손을 모읍니다.

내가 아는 것은 다만

남들은 같은 동족이 로마 군사에게 짓밟힐 때
당신은 갑옷을 입고 그들과 싸우시지 않았다고 합니다
남들은 당신께서 내 이웃들이 세리에게 쫓길 때
그들과 함께 식사와 이야기를 나누었다고 합니다
안식일 때 일하시고 손 씻지 않고 음식을 나눴다고
분노합니다

남들은 그 비싼 향유면 굶는 사람 수십 수백을
구할 수 있었을 텐데
헛되이 당신 발에 뿌리게 놔두었다고 합니다
고귀한 레위인 제사장들을
가짜 포도원지기라고 하였습니다
겉으로만 일하러 나간다고 하고
온종일 노는 아들이라고 하였습니다

남들은 죄지은 자에게 돌을 던지듯이
당신께 돌을 던졌습니다

그러나 보세요 나는 아무것도 모릅니다
내 아는 것은 당신을 핍박하던 대로마가
당신께 무릎 꿇고 그들의 깃발 대신 십자가를
세운 것밖에는 아무것도 모릅니다

소돔의 성이 무너지듯이
네로의 궁전이 무너지는 것을
우리는 보았습니다

내 어머니 한 분으로 모든 세상의 어머니들을
성스러운 어머로 만드시고
아들 하나가 아니라 모든 사람을
사랑받는 아들로 만드신 것을 우리는 압니다
이제 당신 이름만 부르면 무화과나무에
열매가 열리고
포도밭에 포도가
열립니다.

제비

제비가 빨리 나는 것은
먹이를 잡기 위해서다
하늘을 나는 어떤 벌레보다도 빨라야
생존할 수 있다

제비가 한곳에 모이는 것은
겨울이 오기 전에 따뜻한 강남으로
날아가기 위해서다
무리에서 떨어지면
생존할 수 없다

강남 갔던 제비가 다시 돌아오는 것은
가난한 흥부네 집 처마라 해도
사람의 마음을 믿기 때문이다
믿음이 없으면 생존할 수 없다

사람들은 제비의 속도를 배워

비행기를 만들고

제비의 항해술을 배워

나침반과 레이더를 만들었다

그러나 우리가 정말 배워야 할 것은

제비의 믿음을 배워야 산다는 것

제비처럼 우리는 하늘을 믿고

그곳에 둥지를 튼다

오직 믿음이 있을 때만 영원히 산다.

비둘기

비둘기의 아름다움은 눈에 있는 것이 아니다
비둘기의 순결은 흰 날개에 있는 것이 아니다
비둘기의 평화는 서로 싸우지 않고
먹이를 나누어 먹는 부리에 있는 것이 아니다

아름답고 순결하고 평화로운 비둘기보다
우리가 사랑하는 비둘기는
언제나 먼 곳에서 날아와
기쁜 소식을 전해주는 전령 비둘기
사랑과 희망을 올리브잎처럼 입에 물고
표류하는 우리에게 돌아오는 비둘기다
천상의 정보를 전해주는 비둘기다.

까마귀의 노래

내 검은 날개를
첫눈이 내린 아침만큼
희게 하소서
그리고
노아의 방주에서
다시 한번 날아가게 하소서

풀이 있고 꽃이 피는 땅
흙탕물 속에 젖어 있던
것들이 솟아나 몸을 말리는
새로운 땅을 보게 하소서

나의 부리를 고드름처럼
투명하게 하소서
올리브잎을 물고 돌아와
고하게 하소서
빗살 속에서 마른땅을 보고 온

기쁜 소식을

카나리아처럼 꾀꼬리처럼

아름다운 소리로 고할 수 있는

피리처럼 잘 울리는

목청을 주소서.

독수리의 눈

높은 곳에서도 아주 작은 짐승이 움직이는 것을
알아차리고 나래를 편다 독수리는
하늘을 날지만 눈은 언제나 이 지상을 향한다

하나님은 지극히 높은 구름 위에 계시지만
나를 지켜보신다 하나님은
먹잇감이 아니라 나의
작은 상처 피멍이 든 곳을 알아채시고
빛으로 바람으로 어루만져주기 위해서
나도 언젠가 바위동굴 속으로 들어가
털을 뽑고 다시 젊어지리라
밝은 눈으로 작은 생명들의 상처를 보기 위해서
먹잇감이 아니라
보듬어 안을 작은 생명들을 찾기 위해서
비상한다.

힘

무엇이든 힘든 일이 생기면
사람들은 당신 앞에
기도합니다

돌같이 무거운 짐을
대신 져달라고 하고
쇠처럼 단단한 성벽을
부숴달라 합니다

그러나 우리는 압니다
작은 가시에도 피 흘리시는 이마
창끝에 찔리신 옆구리의 아픔
타는 목마름을 견디시다 못해
신 포도주를 마셨던 것을

순수한 것은 흰 눈처럼 무력하고
참된 것은 어린양처럼 늘 굴종합니다

그러나 압니다

우리가 사랑할 때 하나님의 힘이

얼마나 강한가를 알고

죽음 앞의 순간에 하나님의 힘이

얼마나 무한한가를 압니다

바다를 가르고 산을 쪼갭니다

그것은 쓰나미의 힘이 아니라

화산이 폭발하는 힘이 아니라

가장 부드럽고 섬세한 봄바람 같은 힘

생명을 일으키는 숨결의 힘이라는 것

우리는 압니다.

지팡이를 드신 분
예레미야애가

양은
앞에서 이끌어갈 수도 있고
뒤에서 몰아갈 수도 있다

늑대를 만나면 지팡이로 쫓고
무리를 떠난 양이 있으면
지팡이로 길을 인도한다

사람은
앞에서 이끌어도 따라오지 않고
뒤에서 몰아도 멈춰 서지 않는다
지팡이를 세우고 휘두르면
덤벼들거나 풀이 죽어 주저앉는다

양을 이끌어가듯이 몰아가듯이
늑대를 쫓고 길을 찾아주시는 분
여기 계시다 아론의 지팡이처럼

죽은 막대에서 생명의 잎을 피우는
사람의 가슴에 양의 순종을 심는
지팡이를 드신 분이 여기 계시다.

욥의 노래

당신께서
하늘과 땅을 만드실 때
나는 보지 못했습니다
당신께서
꽃과 나무의 생명으로
땅을 덮고

고기 떼와
해초들이 헤엄치는
바다를 생명의 파도로
움직이게 하실 때
나는 그때 없었습니다

악어를 만드실 때
나는 그 자리에서 보지 못해 알지 못합니다
무슨 마음으로 무슨 잣대로
흉하거나 곱거나

그것들을 만드셨는지 나는 모릅니다

내가 아는 것은 내가 흘리는 눈물
내가 외치는 아픈 기억들입니다
그러다 당신 곁을 떠날 뻔했습니다
당신이 없는 어느 음달에서
영원히 묻혀 있을 뻔했습니다

한 발짝만 더 나가면 햇볕이 있는데
굴속 음달에서 슬픈 날을 보냈습니다
이제 다시 햇볕 아래로 나가
내 마음만큼 열린 하늘을 더 넓게 보고
내 생각만큼 깊은 바다를 더 깊이 느끼는
아침을 맞이하겠습니다

이제 압니다 당신께서 처음 하늘과
땅을 만드시던 마음 한구석에

내가 있었음을

이제야 눈물 끝자리에서 알았습니다.

생물

살아서 움직이는 것을 본다는 것은
얼마나 행복한 일인가
천의 물결로 빛나는 강물이거나
천의 이파리가 흔들리는 수풀이거나

움직이는 것은 모두 다 아름답다

살아서 소리 나는 것을 듣는다는 것은
얼마나 기쁜 일인가
천의 지저귀는 새소리거나
천의 갈래로 쏟아지는 빗소리거나

소리 나는 것은 모두 다 즐겁다

손으로 만지고 코로 냄새 맡고
그리고 이슬에 젖은 포도알을 터뜨리는
여름 아침

살아서 어금니로 씹을 수 있는 것은
모두 다 행복하고 즐거운 일이다.

십자가

세상에는 많은 십자가 모양이 있다
창살에도 있고
거리마다 길이 교차되는
십자로에도 있다
척추를 세우고 양팔을 벌려도
당장 십자가 모양을 만들 수 있다

세상에는 많은 십자가가 있지만
우리가 찾는 것은 오직 하나만의 십자가
계절의 비바람으로도 어찌할 수 없는
도시의 먼지, 소음으로도 어찌할 수 없는
그러나 하나의 십자가가 있다

피 묻은 형틀이, 태양이 다시 솟아오르듯
빛으로 살아나 어둠을 불사르는
오직 하나밖에 없는 십자가가 있다
땅과 하늘이 만나는 자리

생명의 싹이 움트는 이 세상 십자가는
단 하나밖에 없다.

까치밥

감나무에 감들이
저녁 해처럼
빨갛게 빨갛게 익으면
가을이 오고
나뭇잎이 지고
서리가 내리고
그러면 겨울이 온단다

사람들은 겨울에 먹으려고
감을 딴단다
그러나 감나무 꼭대기에
가장 큰 녀석 하나는 따지 않고
그대로 놓아둔단다

왜?
까치가 먹으라고
그래서 나뭇가지 위에 혼자 남은 감을

까치밥이라고 한단다

겨울, 추운 바람에 배고픈 까치가 와서

배불리 먹으라고

까치밥이라고 한단다.

백두산

그것은 옛날 불을 뿜는 활화산이었더니라
지층 속에 잠든 바위를 녹이고
천 길 수맥을 끊어 하늘로 솟구치게 한
그것은 옛날 불을 뿜는 활화산이었더니라

양심의 외침이 그곳에 있었고
삶의 힘이 그곳에 있었고
하늘로 향한 영원한 의지가 그곳에 있었더니라

그것은 해발 2,744미터의 산이 아니라
그것은 만주 낙엽송이나 혹은 사시나무,
가문비나무로 뒤덮인 땅덩어리가 아니라
그것은 압록강과 두만강이 갈리는 수원 水源이 아니라
바로 이 역사의 우뚝 솟은 망루
이곳으로부터 모든 정신의 강물이 흘렀더니라

그러나 지금 보아라

천지의 연못엔 침묵을 담고
흰 구름을 수의처럼 감은 저 산의 죽음을 보아라
귀를 기울여도 활화산처럼 열리는
신화의 소리를 들을 수 없느니라
산맥이 끊긴 곳에 핏줄이 끊긴 아픔이 있고
바람이 멎는 곳에 삶이 끊긴 침묵이 있느니라

하지만 환한 하늘이 다시 트이고
바람이 또 한 번 그 능성이에 일게 되는 날
분노한 이 산은 불을 뿜고 일어설 것이니라
망각의 언어들이 용암처럼 녹아내리고
구속과 음모의 지층을 깨뜨리는
아 그 장엄한 순간에
이 산은 다시 활화산이 되어 말할 것이다
생명이 얼마나 뜨거운 것인가를
인간이 얼마나 높은 것인가를
그 소망이 얼마나 크낙한 것인가를.

영전에 바치는 질경이꽃 하나의 의미
고故 노태우 전 대통령 추모시

남들이 고인의 영전에 국화 한 송이 바칠 때에
용서하세요 질경이꽃 하나 캐다 올리겠나이다

하필 마찻길 바큇자국 난 굳은 땅 골라서 뿌리 내리고
꽃 피운다 하여 차화車花 라고도 부르는 잡초입니다

독재와 독선, 역사의 두 수레바퀴가 지나간 자국 밑에서
어렵게 피어난 질긴 질경이꽃 모습을 그려봅니다

남들이 서쪽으로 난 편하고 따듯한 길 찾아다닐 때
북녘 차가운 바람 미끄러운 얼음 위에 오솔길 내시고

남들이 색깔이 다른 차일을 치고 잔칫상을 벌일 때
보통 사람과 함께 손잡고 가자고 사립문 여시고

남들이 부국강병에 골몰하여 버려둔 황야에
세 든 문화의 집 따로 한 채 만들어 세우시고

이제 정상의 영욕을 역사의 길목에 묻고 가셨습니다
어느 맑게 개인 날 망각에서 깨어난 질경이꽃 하나

남들이 모르는 참용기의 뜻, 참아라 용서하라 기다려라
낮은음자리표 바람 소리로 전하고 갈 것입니다.

2

한 방울의 눈물에서 시작되는 생

빈 운동장의 경주

어머니 운동회 날입니다
줄마다 만국기가 휘날리는 하얀
운동장을 달렸습니다 햇빛이 너무 부셔
모자 차양을 세우고 달렸습니다

숨이 차고 발이 떨어지지 않아도
심장이 터지라고 뛰었습니다
상장이 탐나고 박수를 받고 싶어
그렇게 뛴 게 아닙니다
마치 먹잇감을 쫓는 사자처럼
혹은 사자에게 쫓기는 가젤처럼
옆에 아이도 보지 않고 앞만 보고 달렸습니다

오늘에서야 압니다 어머니 운동회가 끝났는데도
운동모자와 러닝셔츠를 벗었는데도 나는
지금도 뛰어야 하는 이유를 알았습니다
누가 호루라기를 불어서가 아닙니다

목숨이 있어서 바람이 불어서 숨차냐 하고
어머니가 물으셔도
나는 아무도 없는 운동장에서 생명의 나무들과
함께 경주를 합니다.

추위에 바치는 노래

어머니
아무래도 당신께서 덮어주신 이 이불만으로는
바이칼호의 추위 만주벌판의 추위
유별난 알래스카의 그 추위를 견디지 못할 것 같습니다

그건 가난의 추위이고 혼자 있는 추위이고
전쟁의 추위입니다
아무래도 어머니가 덥혀주신 구들장만으로는
천년 동안의 추위를 참을 수 없을 것 같습니다

좀 더 따뜻한 게 있었으면 좋겠습니다
어머니의 겨울 이야기처럼 처마 끝에서
밤새 소리 없이 얼다가 눈부신 아침
햇빛처럼 매달리는 그런 고드름이었으면 좋겠습니다

개구리 도마뱀 땅속에 묻힌 파충류의 꿈
허들링으로 벽을 만들어 눈보라를 막는 펭귄들의 사랑

세 마리 개와 겨울을 자는 호주의 원주민들
아닙니다 어머니 지금 어느 눈 골짜기에 핀 매화를 찾아
집을 나서셨다는 할아버지의 그 지팡이가 필요하답니다

어머니의 겨울 이야기가 들려오는 베개맡의 밤
나는 천년의 긴 추위에도 떨지 않으렵니다
"참새는 추운 밤에 어디서 자지?"
당신의 증손자가 물으면 어머니가 내게 하신 말씀처럼
"애야! 그렇게 묻는 네 가슴속에서 잠을 잔단다"
대답하렵니다
어머니 이것이 천년의 추위에도 떨지 않는
사람들의 생, 사랑의 양식,
어머니의 겨울 이야기입니다.

한 방울의 눈물에서 시작되는 생

물이 마르고 없답니다
황하는 더 이상 바다로 흘러가지 않는다고 합니다
이제 이 시각에 떠다놓을 정화수가 없답니다
우물물은 마르고 냇물은 붙어도 마시지 못할
흙탕물이 되었다 합니다

우리 일생은 태어날 때 처음 흘린
한 방울의 눈물에서 시작한다 했습니다
그때 어머니로부터 받은 눈물이 있기에
지금 우리는 세상에 남은 가장 티 없는
맑은 물 앞에서 기도를 드립니다

누군가를 위해서 울어야 할 것입니다
어머니가 우리를 위해서 우셨던 사랑이
지금 우리에게 사막을 적실 만큼의 빗물로
쏟아집니다

땀을 흘려 산업화를 하고
피를 흘려 민주화를 한 당신의 자식들은
태어날 때 그 최초의 눈물로
때가 되면 연어 떼처럼 모천으로 돌아와
아주 작은 알이라도 좋습니다
다음 생명을 낳을 수 있게 하소서

죽은 자와 산 자와 태어날 모든 아이들을 위해
생명의 이름으로 사랑의 이름으로
눈물을 흘릴 기도의 시간을 갖게 하소서.

바다와 하늘로 만든 김자반의 맛

김을 모르고 서양 사람들은
카본 페이퍼라 한다
모르시는 말씀 그건 초록색 바다 밑
몰래 흑진주를 키운 어둠이라네

파도가 가라앉아 한 켜 한 켜 쌓여서
만들어낸 바다의 나이테를 아는가
어느 날 어머니가 김 한 장 한 장
양념간장을 발라 미각의 켜를 만들 때
하얀 손길을 따라 빛과 바람이 칠해진다네
내 잠자리의 이불을 개키시듯
내 헌 옷을 빨아 너시듯
장독대의 햇빛에 한 열흘 말리면
김 속으로 태양과 바닷물이 들어와 간을 맞춘다

김자반을 씹으면 내 이빨 사이로
여러 켜의 김들이 반응하는 맛의 지층

네모난 하늘과 바다가 찢기는 맛의 평면

이제는 손이 많이 간다고 누구도 만들지 않는
어머니 음식이라네

빈 장독대 앞에서 눈을 감으면
산간 뜰인데도 파도 소리가 나고
채반만큼 둥근 태양의 네모난 광채
고향 들판이 덩달아 익어간다네.

돌상의 책과 금반지

돌상에는 활도 있고 엽전도 있고
쌀과 무지개떡, 먹을 것도 많은데
책을 집었다고 자랑하시던 어머니

그날 분명히 돌 반지를 받았을 텐데
한 돈쭝인지 두 돈쭝인지
어머니는 금반지 이야기는 빼시고
"애야 네가 책을 집었단다
글자를 아는 것처럼 책장을 넘겼단다"
자랑스럽게 말씀하신다

어머니 배고픈 날에는 정말
돌날 받은 금반지를 갖고 싶었답니다
이삿짐을 쌀 때, 아이가 열나고 기침을 할 때
바람 많이 부는 날, 나는 내 작은 손에 꼈던
그 금반지가 있었으면 좋겠습니다
책 냄새는 생각나는데 금반지에서는

무슨 냄새가 났던가 생각합니다

오늘도 책을 읽으며 어머니의 목소리를 듣습니다
금반지 이야기는 빼시고
늘 책 자랑만 하시던 어머니의 얼굴을 봅니다

돌바기 여린 손가락 살 속까지 파고드는 금반지처럼
생활이 날 조여도 돌날 잡은 책들의 문자가 있어

지금 배고프지 않고 지금 부끄럽지 않고
지금 내 집이 있고 내 아내와 내 아들과
밥상에 마주 앉아 있는 행복을 압니다

금반지는 빼시고 늘 책을 잡은 손만 이야기하시던
어머니의 영혼에 이 남루한 책을 바칩니다
돌날 책을 잡았던 그 손으로
당신 아들이 쓴 책이랍니다.

쓴 사과

어머니
지금 제가 먹고 있는 이 사과는
비료도 농약도 주지 않은 열매

에덴의 나뭇가지에 열렸던
최초의 사과처럼
바람과 비와 천둥이 키운 열매라서
쓰고 시답니다

카자흐스탄, 사과의 아버지 알마아타
해발 900미터 눈 덮인 골짜기마다
크고 탐스럽게 열리는 사과
어머니 아무래도 저는 그 쓴 사과를
더 좋아하는가봅니다

아시겠지요 배고프고 목마르면
이빨로 씹을 때마다 축축한 향기가

타오르는 제 식도를 황홀하게 적십니다
가물었던 대지에 쏟아지는 비의 훈기처럼

어머니 저는 아무래도 바보인가봅니다
저렇게 많은 길거리 사과들이 저를 부르는데
뒷동산 아그배만 한 그런 사과를 탐낸답니다

뉴턴을 기쁘게 했던 떨어지는 사과보다
저는 태풍에도 흔들리지 않는 쓴 사과를
어머니와 함께 먹었으면 좋겠습니다
어머니.

나의 몸 나의 방

어머니 태어날 때부터 우리는
자기 몸만큼의 공간을 허락받고
이 세상에 나왔습니다
어디를 가나 내가 가는 곳마다
내 몸만큼의 내 몸무게만큼의
작은 방 하나가 만들어집니다

그것은 어머니가 저에게 주신 생명의 방
문고리도 없고 자물쇠도 없는 방입니다
제 생년월일이 이 방을 찾는 주소이고
제 머리가 이 방의 천정 높이입니다

어머니가 용서만 하신다면 이 방을 벗어나
남들이 사는 저 길거리로 나가려 합니다
똑같이 방 하나씩을 갖고 사는 저 사람들
그 방문 안으로 들어가고 싶습니다

불 켜진 창문 같은 한 사람 한 사람의 눈들을 마주 보렵니다
눈이 있는 모든 생물과 만날 때에도 그렇게 하렵니다
그러다가 어머니가 저에게 주신 방은
고래의 바다만큼 독수리 날개의 하늘만큼
넓어지고 커질 것입니다

어머니가 저에게 주신 생명의 키 그 지붕보다
높아질 것입니다

누군가 제 눈을 보고 두드리면 저도 그에게
제 방문을 열어줄 것입니다
그의 키가 제 지붕만큼 높아질 때까지
우리는 우리의 방들을 모아 큰 집을 지을 것입니다.

미친 금붕어

어머니 저는 금붕어들이 미쳤으면 합니다
날치처럼 어항에서 튀어나와 일제히
양자강 넓은 하류에 흐르는 강물로
노자가 말한 소리 없이 흐르는 강물로
어머니 저는 금붕어들이 지느러미를 세우고
하늘을 날았으면 좋겠습니다

어머니 저는 금붕어들이 미쳤으면 합니다
옛날 낚싯바늘에 걸려 팔딱거리던
붕어였으면 합니다
그물을 찢고 강으로 되돌아가는 힘센 붕어였으면
좋겠습니다

어머니 금붕어에 밥을 주다가 녀석들이 이빨로
내 손가락을 물었으면 좋겠습니다
그 큰 눈이 하늘을 향해 있는 것을 보면
어느 날 몰래 어항을 깨고 용처럼 승천하려는

음모를 꾸미고 있는 것 같습니다

정말 그런 날이 오면 저는 어머니
모른 척하고 문을 열 것입니다
넌 빨래를 걷으라고 아내에게 이를 것입니다

금붕어들의 자유로운 비상을 위하여
나의 비상을 위하여.

어머니는 단청 같은 문화예요

서양 아이들에게 해를 그리라고 하면

오렌지 빛 아니면, 고흐의 그 태양처럼

노랗게 그린대요

청천백일기 밑에서 살아온

중국 아이들에게 해를 그리라고 하면

하얗게 그린대요

그러나 한국 아이들을 보고 해를 그리라고 하면

옛날 궁궐 임금님이 앉아 있던 정청의 병풍 일월도처럼

빨갛게 빨갛게 그린대요

문화는 설명할 수 없지만,

입맛처럼, 어머니가 담근 장맛처럼 설명할 수는 없지만,

피의 세포 속에 몇 천 년 몇 만 년 전해 내려온

유전자의 DNA처럼 우리 몸속에 배어 있어요

문화는 설명하는 것이 아니라 나누고 전하는 것,

아버지 어머니의 얼굴을 닮는 것처럼

서로가 서로를 닮는 것이지요

구한말, 몇 백 년 내려온 조선조의 궁궐 안에도,
가마가 자동차로 변하는 개화의 바람이
모든 것을 서양 것으로 바꾸었을 때에도,
그것만은 마지막까지 남아 있었지요
봉황과 단청과 일월도 같은 상징물들은
그 옛날 500년 그대로 남아 있었지요

몸은 편한 것을 좇아서 가지만,
마음은 불편해도 정이 있는 것을 따라가지요
어머니는 아이들의 문화예요
봉황새 같은, 단청 같은,
그리고 빨갛게 그려놓은 일월도 같은.

어머니 냄새

옛날 여인들은 향낭을 차고 다녔지요
어머니에게서는 어머니의 그윽한 향내가 풍겨 나왔습니다
그것이 메주 뜨는 냄새, 땀 냄새라 하더라도
어머니의 냄새는 언제나 벼 익는 고향 들판의 냄새처럼
　그윽합니다

기억과 회상에서 냄새가 얼마나 중요한 일을 하는지
과학실험으로도 증명되었다고 합니다
사진과 냄새를 알아맞히는 실험을 해보면
사진은 100퍼센트, 냄새는 70퍼센트밖에 못 맞히지만
넉 달이 지난 뒤에는 정반대가 된다고 합니다
시각적 기억은 거의 사라진 데 비해서
후각적 기억은 70퍼센트의 정확성을 유지하고 있다는
　것입니다

사람은 원래 일만 가지 이상의 냄새를 식별하는 능력을
　가지고 있었지만

문명과 함께 후각 기능을 상실해간 것이지요
현대인이 식별하는 냄새는 이천 가지 이내로 떨어졌다는
    것입니다
그러니까 냄새 맡는 감각의 팔 할을 잃은 셈이지요
만약 그것이 시각이었다면, 시각의 팔 할을 잃었다면
    어떻게 되었을까요
온갖 기적을 부리는 현대의 마술 상자 텔레비전도 컴퓨터도
냄새를 전해주지는 못해요
후각으로 보면 꽃 한 송이만도 못한 것들이
우리들 생활을 점령하고 있는 것이지요

옛날 어머니 등에 업혀
어머니의 머릿기름 냄새 너머로 세상을 바라보던 그 시절,
어머니의 얼굴은 변해도 그 냄새는 영원한 것으로
    떠돌고 있습니다
분명 그랬지요, 그것은 샤넬이나 이브생로랑 같은
    향내가 아니었지요

그것이 메주 뜨는 냄새라 할지라도
어머니에게서만 맡을 수 있는 그윽한 냄새,
비가 오고 난 뒤 아련한 흙냄새 같은 대지의 냄새
사서 뿌리는 향수 냄새가 아니라
우리 아이들에게 영원한 회상으로 남을 냄새를
    남겨줘야 해요.

생각하지

'사랑'이라는 말의 원래 뜻은 '생각'입니다
옛날 사람들은 생각한다는 것을 사랑한다고 했지요
희랍말도 그래요 '진실'의 반대말은 '거짓'이 아니라
　　'망각'이라고 합니다
사랑하는 것은 오래 생각하는 것이고, 참된 것은 오래
　　기억하는 것입니다
아이들이 자라서 어른이 되었을 때
어린 시절을 생각하게 하는 많은 추억거리를 만들어줍시다
어머니가 읽어준 동화 한 편, 어머니가 불러준 노래 한 곡조,
　　어머니가 꽂아준 꽃 한 송이
어린 시절의 추억을 갖지 못한 이처럼 불행하고 가난한
　　사람도 없습니다.

볼보를 만드는 사람들

볼보라는 자동차 이름을 들어본 적이 있나요

세상에서 제일 안전한 차로 소문난 스웨덴의 자동차이지요

삼각 안전벨트를, SIPS(측면충격보호시스템)를,

맨 먼저 발명해서 자동차에 부착한 것도 볼보이지요

어떻게 그런 차를 만들었느냐고요?

거기에는 비밀이 있지요

자동차를 만드는 것이 아니라, 안전 그 자체를 만들려고

　　했기 때문이지요

볼보 회사에는 자동차를 만드는 사람, 파는 사람만이 아니라

백여 명의 교통사고 조사팀이 24시간 5분대기 근무를

　　하고 있대요

볼보자동차와 관련된 교통사고가 일어나면

어디든 그 현장으로 달려간대요

사진을 찍고, 운전자와 면담을 하고, 다친 사람의 병원 기록,

경찰 조서를 모두 모아서 부서진 차체와 함께 실험실로

　　옮겨오지요

자기 나라만 아니라 유럽 어디에든 달려간대요
그것도 일주일 내로 달려가 현지조사를 한다는 거예요

볼보는 라틴어로 '내가 굴러간다'는 뜻이라고 합니다
차가 아니라 사람이 굴러가는 것이라고 생각한 것이지요
볼보는 자동차가 아니라 그것을 만든 사람,
볼보는 자동차가 아니라 그것을 운전하는 사람,
기계가 아니라 인간이 굴러가는 것이지요
자동차가 아니에요
그것은 목숨을 가진 생명체가 굴러가는 것이지요

자동차를 만드는 사람들도 그러한데
살아 있는 생명을 낳고 기르는 어머니야 말할 것이 있나요
이 세상에서 제일 안전한 자동차를 만드는 사람들처럼
이 세상에서 제일 훌륭한 아이를 기르는 좋은 어머니는
아이를 그냥 낳기만 하는 것이 아니지요
24시간 5분대기조의 볼보 사람들처럼

내 아이에게 무슨 일이 생기면 그 현장으로 달려가지요
실험실이 아니라 가정에서 조사하고 분석하고 연구하지요
아이가 아니에요, 내가 굴러가는 것이지요.

다이애나 허그

빈민가에서 가난한 사람을 만날 때,
병원에서 암 환자나 에이즈 환자를 만날 때,
고아원, 양로원에서 외로운 사람을 만날 때,
다이애나 황태자비는 언제나 가슴을 열고
그들을 끌어안았습니다

왕실의 풍습은 지엄한 것
사람들을 만날 때에는 반드시 거리를 두어왔지요
그것이 왕실의 위엄이고, 그것이 왕실의 권위였어요
몇 백 년 동안 내려온 왕실의 법도를 넘어 다이애나
　　황태자비는
그들에게 다가가 보통 다정한 영국인들끼리 그렇게 하듯이
사람들을 허그(포옹)했지요
그리고 이렇게 말했습니다
"그저 허그hug하는 것만으로도 서로의 마음과 마음을
주고받을 수 있으니까요"

대처 수상은 사랑받는 정치인이 되기보다는
존경받는 정치인이 되고 싶다고 했지만,
다이애나는 존경받는 왕비보다는 사랑받는 왕비를 택한다고
　　말했지요

불행한 가정에서 태어나 부모의 정이 어떤 것인지 몰랐던
　　다이애나는
계모 밑에서 자라나 어머니의 품이 어떤 것인지를 몰랐던
　　다이애나는
그녀가 가지지 못했던 것을 남들에게 주려고 한 것이지요
50세 이하의 영국인 가운데 반수는 이혼 경험자가 아니면
부모가 이혼한 상태에서 자란 경험이 있다는 것이지요

다이애나 허그,
다이애나가 죽었을 때 그렇게 많은 사람들이 오열한 것은
다이애나가 가슴을 열어 그들을 끌어안았기 때문이지요
다이애나가 사랑을 받았던 비밀이지요

다이애나 허그,

하루에 한 번 아이를 끌어안으세요

따뜻하게 가슴을 열고,

하루에 한 번씩 다이애나 허그를 하세요.

달리기

무릎을 깨뜨리면서도 아이들은 달리기를 합니다
조금이라도 빨리 뛰기 위해서,
남보다 한 발짝이라도 앞서기 위해서,
아이들은 달리기 내기를 합니다
산다는 것은 달리기이지요
그것은 경쟁, 그것은 승부, 그것은 성취입니다
아이들이 달릴 때 우리는 대신 달려줄 수는 없지만,
응원을 할 수는 있습니다

세상 사람들이
하나에다 하나를 보태는 것도 모르는 아이라고
에디슨을 비웃었을 때
그에게 용기를 준 이는 어머니였습니다
그가 하고 싶어 하는 일을
이해하고 도와준 사람은 어머니였지요
어머니는 달리는 아이의 응원가입니다
관심, 그것이 바로 힘찬 응원가입니다.

왜 늑대가 온다고 했는가

늑대가 온다고 번번이 소리치던 양치기 목동이
결국은 늑대에게 잡아먹혔다는 이 우화를
가끔 어머니들은 들려주지요
내 아이들이 거짓말을 할 때

하지만 양치기 목동이 왜 그런 거짓말을 했는지를
생각해본 어머니는 드물 것입니다
양 떼들이 온종일 풀 뜯는 것을
어제도 보고, 오늘도 보고, 또 내일도 봐야 할
목동의 심심한 마음, 기지개 같은 따분한 삶을
상상해본 어머니는 없었을 것이지요

심심한 들판을 향해 무엇인가 외치고 싶었겠지요
잠자는 마을을 술렁거리게 만들고 싶었겠지요
갑자기 종루에서 종들이 울릴 때처럼
아무도 눈여겨보지 않던 사람들이
자기에게도 달려오는 발자국 소릴 듣고 싶었겠지요

자신의 말 한마디에 시간이 멈추고, 마을이 공포에 떠는 것을
자신의 말 한마디에 들판에 회오리가 불고, 번개가 치는 것을
양치기 목동은 반짝이는 눈으로 바라보았을 거예요
분명히 그 눈빛은 매일같이 양 떼들을 바라보던
그런 눈빛이 아니었지요

거짓말을 하는 욕망과 그 능력은 인간만이 가지고 있는 것
짐승들은 거짓말을 할 줄 몰라요
무대에서 거짓말을 하면 셰익스피어가 되고
이야기 속에서 거짓말을 하면 김만중이 됩니다

거짓말을 한다는 것은 상상력과 추리력이 있다는 증거입니다
내 아이가 거짓말을 잘하면
양치기 목동 같은 일을 시키지 말고
무엇인가 상상하고 창조하는 새로운 일을 시켜보세요
창작하는 일을 시켜보세요.

35억 년의 진화

태내에서 자라는 아기들은
35억 년의 길고 긴 생명의 진화를
단 열 달 만에 그 전 과정을 마친다고 합니다

수정된 직후에는 아메바와 다름없는 원생동물이지요
점차 물고기에서 개구리 같은 양서류로 변하고
다음엔 도마뱀 같은 파충류가 됩니다
그러다가 토끼나 고양이 같은 포유류로 진화해서
원숭이 단계로 대뇌가 커집니다
이윽고 생각하는 유인원의 뇌와 같은 전두엽이 생기고
완전한 사람의 뇌를 모두 갖추게 되면
이 바깥세상으로 태어납니다

열 달이 아닙니다
지금 내 품안에 있는 이 생명은
35억 년이나 되는 길고 긴 시간을 지나
지금 이 밝은 세상으로 나온 것입니다

누가 이 아기의 나이를 묻거든,
한 살이라고 대답하지 말아요
누가 이 아기가 살아갈 날을 묻거든,
새 천년이라고 대답하지 말아요
지금 당신은 35억 년의 세월을
품안에 안고 있는 것입니다.

보이지 않는 십일면관음보살

조각예술의 보석이라는 경주 석굴암에서도
으뜸 중의 으뜸은 십일면관음보살상이라고 합니다
다른 조각보다 입체감으로나 아름다움으로나
얼마나 조각가가 특별히 심혈을 기울였는지
한눈에 알아볼 수가 있다고 합니다

그런데도 말이지요, 십일면관음보살상은
한가운데의 석가모니상에 가려서 보이지 않는 거예요
가장 아름다운 관음상을 만들어놓고
하고많은 자리 중에 하필 부처님 바로 뒤에 배치했을까요
사람들은 석가와 관음을
완전히 일치시키려고 한 것이라고 말하지만
정말 아름답고 귀중한 것은
눈에 안 띄는 깊숙한 곳에 몰래 숨겨두는 것

가끔 아이들에게 주고 싶은 정말 소중한 것이 있으면
몰래 감춰두세요

십일면관음보살처럼,

주실 뒤 가장 깊은 곳에 숨어 있다가

갑자기 떠오르는 보살의 아름다움처럼,

어머니에 가려서 보이지 않던 깊고 깊은 사랑과 정을

언젠가는 보고 놀랄 거예요

어머니와 하나가 되는 그 말들의 의미를.

까마귀와 편견

언제부터인가 까마귀를 볼 수 없게 되었습니다
을씨년스러운 겨울날 아침, 고목 나뭇가지 위에 앉아
서리 내린 마을 들판을 굽어보던 까마귀들이 이제는
　없습니다
사람들이 그 검은 색깔과 울음소리와 썩은 고기를 먹는
　식성을 미워한 까닭입니다

미국에서도 그랬지요
농부들은 까마귀가 곡식을 위협하는 존재라 하여 총부리를
　겨누고,
1940년 일리노이주 정부의 환경보호국은 다이너마이트를
　폭발시켜
32만8천 마리의 까마귀를 죽였다고 합니다
그러나 까마귀를 죽인 후, 사람들은 곧 후회를 했습니다
까마귀는 옥수수보다도 옥수수를 해치는 해충들을 먹었기
　때문입니다
요즘 까마귀를 죽음의 흉조라고 생각하는 것이 인간의

편견이었음이

많은 학자의 연구로 밝혀지고 있습니다

어떤 새보다도 영리하다는 것, 어떤 새보다도 가족 간의

　　정과 의리가 두텁다는 것,

어미 새가 늙으면 정말 자식들이 먹이를 물어다

　　봉양한다는 것,

반포지효가 옛날이야기가 아니었음을 재평가 받게

　　된 것입니다

정말이래요 형제 오누이가 몇 넌씩이나 한 가족을

　　이루면서

서로 돕고 서로 지키며 살아가는 의좋은 새라는 것이

　　정말이래요

그런데 우리가 사람 같은 까마귀를 몰살시켰어요

단지 색깔이 검다는 이유로, 단지 목소리가 흉하다는 이유로

까마귀를 죽이는 것을 못 본 체한 것이지요

흑인들을 깜둥이, 흑석동, 연탄장수라고 부르는

어머니 밑에서 아이들이 자라면

그 아이들이 결국은 까마귀의 세상을 만들게 되지요

편견이 까마귀를 죽이듯이, 결국은 내 아이도 못쓰게

　만들어요.

마음을 열고

옛날 우리가 초등학교에 처음 갔을 때
필통 속에는 예쁜 지우개가 있었습니다
말랑말랑한 촉감이 어머니의 가슴처럼 보드라웠지요
지우개를 쥔 손에서는 바다 너머 멀고 먼 남쪽 나라의
고무나무와 석유 냄새가 풍겨왔지요

그 지우개로 잘못된 글씨도 지우고 잘못된 그림도
　다시 지우고
처음처럼 다시 시작할 수가 있었어요
그러나 날이 갈수록 지우개는 줄어들고 망가지고 작아져서
필통 한구석에 버림을 받다가 잊히게 되지요

다시 지우개를 들고 초등학교에 처음 들어갔을 때의
그런 새 지우개를 하나 마련하세요
잘못된 생각 잘못된 나날들을 모두 지우고 새로 쓰세요
새 천년이 오잖아요
마음을 비우고 머리를 비우고 새 햇빛을 보면

그러면 늘 보던 살림살이 늘 보던 집 안이
다르게 보일 거예요

다시 보세요 내 아이를
매일 뜨는 해가 새롭게 보이듯이
새 천년 아침
늘 보던 내 아이의 얼굴이
환하게 그리고 새롭게 보일 거예요.

사랑으로 크면

"엄마, 같이 가요!"
아기 코끼리가 긴 코를 휘두르며
쫄래쫄래 엄마 뒤로 달려가서는
엄마 꼬리를 코로 감아쥐고
엄마 뒤를 따라갑니다

"엄마, 같이 가요!"
아기 캥거루가 작은 두 발을 모아
깡충깡충 엄마 앞으로 뛰어가서는
엄마 배 주머니 속에 쏙 들어가서
갸우뚱 고개만 밖으로 내밀고
엄마하고 같이 갑니다

"엄마, 같이 가요!"
아이가 조그만 두 팔을 흔들며
뒤뚱뒤뚱 엄마 옆으로 달려가서는
엄마 손을 잡고 매달려

엄마하고 같이 갑니다

땅과 바다, 하늘에 사는 모든 아기들이
엄마의 사랑으로 무럭무럭 크면
새 천년의 지구에서
그 아기들이 주인공이 되는 날에
온 지구가 행복으로 가득 찰 거예요.

마음

마음이 뭐니
눈으로 못 보는 것

아니야
엄마는 네가 화난 것을 볼 수 있는데

마음이 뭐니
귀로 듣지 못하는 것

아니야
엄마는 네가 즐거운 것을
웃음소리로 들을 수 있는데

마음이 뭐니
손으로 만질 수 없는 것

아니야

엄마는 네가 슬퍼할 때 손끝으로
네 눈물을 만질 수 있는데

마음이 뭐니
대답하지 말아

새 천년은 사람들 마음이 바뀌는 거야
볼 수도 없지만
들을 수도 없지만
그리고 만질 수도 없지만

새로운 즈믄 해가 오면
온 세상 마음이 달라진 것을
엄마처럼
볼 수 있고 들을 수 있고 만질 수가 있어요.

손을 펴봐요

엄지손가락

인지

중지

이름이 없다고 해서 무명지

그리고 새끼손가락

주먹을 쥐어봐요

네 손가락과 엄지손가락이

서로 반대 방향으로 어긋나 있네

아, 그래서 무엇이든 이 손으로 잡을 수가 있구나

돌날 돌상 앞에서

무엇을 잡았나

연필일까, 책일까, 실일까?

무엇이든 좋아

짐승은, 사자 같은 짐승의 왕도

나처럼 물건을 잡고 쥘 수는 없어

손가락이 없어서 그래

바나나를 주면 사람처럼 생긴 원숭이만이

엄지손가락과 네 손가락으로 쥐고 먹어요

그러나 나처럼 엄마 손을 꼭 잡을 수가 없어.

3

푸른 아기집을 위해서

사자의 눈

짐승 가운데 인간의 눈을 제일 많이 닮은 것은 무엇일까요
동물학자들의 말을 들어보면 사자라고 합니다
힘이 센 백수의 왕이라서 그런 것은 결코 아닙니다
사자는 들판에서 사는 짐승이라 언제나 먼 지평을 바라보며
자랐기 때문이라고 합니다
초식동물들은 발밑에 있는 풀만 보고 다니지요
눈의 시야가 아주 좁습니다 그리고 모든 것이 사자와 비슷해도
호랑이는 정글에서 살기 때문에 먼 곳을 볼 수가 없습니다
그래서 그 눈의 생김새나 인상은 사자와는 아주 다릅니다
두 발로 서 있는 인간은 언제나 먼 곳을 바라보며 삽니다
인간은 멀리 바라볼 수 있기 때문에 인간인 것입니다
'지금, 여기'가 아니라 항상 먼 내일과 넓은 세계를 꿈꾸며
살고 있는 사람들……
귀여운 자녀들은 상상과 지식의 넓은 초원 속에서 자랄 수
　있도록 해야 합니다
그러기 위해서는 어른들이 먼저 푸른 지평선이 되어주어야
　합니다.

말 한마디로

추운 겨울, 새벽 길거리에서 신문을 배달하는
아이가 떨고 있었지요

길을 가던 여인이 물어보았지요
얼마나 추우니

신문 배달을 하던 아이는 대답했어요

조금 전까지만 해도 추웠는데
'얼마나 추우니'라는 말을 듣는 순간
이제는 춥지 않아요

신문을 배달하던 아이는 그렇게 말했답니다

작은 말 한마디가 추위를 녹이고, 세상을 바꿔요
내 아이가 추위에 떨지 않게 하는 방법은
남의 아이들에게 따뜻한 한마디 말을 하는 거예요

내 아이에게 하는 것처럼

작은 말 한마디가 세상을 바꿔요.

젓가락의 의미

왜 서양 사람들은 포크와 나이프로 식사를 할까요
그것은 모든 음식이 덩어리째로 나오기 때문입니다
왜 서양 사람들은 여러 개의 포크와 나이프로 식사를 할까요
그것은 앞에 나오는 음식과 뒤에 나오는 음식이
서로 섞이지 않도록 하기 위해서이지요

음식을 만드는 사람이 음식을 먹는 사람을 생각해서
먹을 것을 한입에 들어가도록 잘게 썰어주면
포크와 나이프 없이 젓가락만 가지고도 먹을 수가 있지요
부엌의 도마 위에 식칼 하나만 있으면 충분한데도
덩어리째 나오는 비프스테이크를 먹으려면
한 사람 한 사람에게 칼이 필요하지요

여러 음식을 한데 섞어 비벼 먹는 비빔밥,
여러 음식을 한데 싸서 먹는 보쌈이라면
젓가락 하나, 숟가락 하나, 맨손으로도 충분하지요

젓가락을 들려주세요 아이들에게 젓가락질을 가르쳐주세요
옛날 할아버지 할머니가 아버지 어머니에게 가르쳐주었듯이
그리고 아버지 어머니가 나에게 가르쳐주었듯이
이제는 내가 그분들의 손자와 손녀에게
젓가락질하는 법을 가르쳐줍니다

그래서 음식을 만든 사람과 음식을 먹는 사람이 서로
　어울리듯이
이 음식과 저 음식이 서로 어울리듯이
시간은 하나가 되어 긴 강물처럼 이어져 흐릅니다

숟가락으로는 국물 있는 음식을 떠먹고,
젓가락으로는 마른 음식을 집어 먹고,
그래서 숟가락과 젓가락이 합쳐져서
수저란 말이 생겨난 것이지요
음식이란 말이 마시는 것飮과 씹는 것食이 합쳐진 말이듯이

젓가락과 숟가락을 손에 들면, 온 식구가 하나가 됩니다
세상 모든 것이 하나가 됩니다.

내일은 없어도 모레는 있다

어제란 말은 순수한 우리말입니다
오늘이란 말도 순수한 우리말입니다
그러나 내일이란 말은 올 래 來 자 날 일 日 자,
한자말에서 들어온 말입니다

어제도 오늘도 우리말인데,
어째서 내일이란 말만은 한자말로 되어 있을까요
순수한 우리말이 있었을 텐데,
어째서 가장 소중한 내일이란 말을 잊었을까요
어째서 가장 희망을 주는 내일이란 말을 빼놓았을까요

그러나 걱정하지 맙시다 정말 내일을 생각하면
앞이 안 보이는 일이 많지만
어둡고 괴로운 일이 많지만
내 아기의 얼굴을 들여다보면
그보다 더 먼 미래가 보이고, 더 밝은 앞날이 보입니다

걱정하지 맙시다 내일보다 더 먼 미래를 뜻하는 말,
모레란 말이 있잖아요 그리고 모레보다도 더 먼 미래의
글피와 그글피란 말이 있잖아요
내일과는 달리 순수한 우리말이잖아요

내일은 없어도 모레가 있다고 말해보세요
내일은 없어도 글피와 그글피가 있다고 말해보세요
품안의 아기가 웃을 겁니다
옛날 우리 조상님들이 믿었던 56억7천만 년 뒤에
부처님이 되신다는 미륵보살처럼
행복한 미소를 지을 것입니다.

푸른 아기집을 위해서

아이들은 엄지손을 안으로 쥐고 이 세상에 태어난다고 합니다
열 달 동안 자기를 키운 아기집이 상처 나지 않게 하기
　위해서,
다음에 태어날 동생들을 위해서,
조심스럽게 두 주먹을 꼭 움켜쥐고 태어난 것입니다

그렇게 태어난 우리가 지금 무엇을 하고 있습니까
내 손자와 그 손자의 손자들을 잉태하고 키워갈
　천년의 모태를
백 년도 못 사는 몸 하나 보신하자고 강철의 손톱으로
　찢고 있습니다
우리는 이 땅의 임자가 아닙니다
잠시 맡아 있는 관리자일 뿐

그래요, 그 옛날 고려가요에서 천년을 노래 부른
　서경별곡처럼,
구슬이 바위에 떨어져도 그 끈은 끊어지지 않는 것처럼,

즈믄 해를 외로이 있어도 믿음이 그치지 않는 것처럼,

아기의 주먹 쥔 작은 손 안에 그 끈이 있어요

그 믿음이 있어요

아기집을 상처 지게 하지 않으려고

엄지손을 안으로 쥐고 이 세상에 태어나듯이

푸른 숲, 푸른 대지, 푸른 강을 위해서 주먹을 쥐세요

천년 동안 내 아기들이 살아갈 아기집을 위해서 주먹을 쥐세요.

뜸 들이기

뜸을 들인다는 말은 밥을 지어본 사람만이 압니다
그리고 밥을 지어본 사람만이 그 맛을 압니다
밥이 다 되었어도 금세 솥뚜껑을 열어서는 안 됩니다
조금만 참는 것, 조금만 더 기다리는 것,
거기에서 인생의 참된 맛이 우러나옵니다
아이들이 무엇을 사달라고 조를 때 뜸을 좀 들입시다
아이들이 나쁜 짓을 하더라도
뜸을 들이다가 야단을 칩시다
3분을 못 참아 30분 동안 지은 밥을
설익게 한 적은 없었는지
밥을 지을 때마다
내 아이 뜸 들이기를 조용히 생각해봅시다.

거울 보기

자동차의 백미러를 아시지요 그리고 그 미러mirror가
거울을 의미하는 영어라는 것도 잘 아실 겁니다
그러나 그 말이 '놀라다wonder at'라는 라틴어에서
나온 말이라는 것을 아시면 정말 놀랄 것입니다

그렇지요 지금은 흔한 것이 거울이지만
최초의 거울을 보았을 사람을 생각해보십시오
자기 얼굴을 들여다보는 최초의 인간, 그 표정을
　생각해보십시오
그것은 사자를 보고 놀란 표정이 아닐 것입니다
천둥소리를 듣고 놀란 표정이 아닐 것입니다
꽃이나 다람쥐나 구름이나 바람에 나부끼는 나뭇잎을
보고 놀라던 그런 감동도 아닐 것입니다

자기 모습을 보았을 때의 그 놀라움은
자기 발자국을, 자기 그림자를 보았을 때처럼
조금은 무섭고, 조금은 불안하고,

그러나 조금은 만족스럽고, 조금은 안심스러운
그러한 놀라움일 것입니다
그래요, 너무 가까운 것에 대한 놀라움입니다

자동차의 백미러를 아시지요
지금 당신이 들여다보고 있는 아기의 얼굴은
당신이 바라보고 놀라워했던 최초의 거울이지요
거기, 지금까지 보지 못한 당신의 모습이 있어요
과거의 탄생, 과거의 입김, 그리고 과거의 걸음

아기는 당신의 거울, 자동차의 백미러처럼
당신이 달려온 그 길들과 두고 온 당신의 얼굴들을
비춰주는 놀라운 거울이지요.

비행기

뉴컴 교수가 인간은 절대로 엔진을 달고
하늘을 날 수 없다는 것을 수학적으로 증명한
한 권의 책을 냈습니다
1900년의 일입니다
그러나 그 책의 인쇄 잉크가 마르기도 전에
자전거포를 경영하던 라이트형제가 하늘을 날았답니다

키티 호크의 풀밭에서
날개 없는 인간이 새처럼 날았답니다
열기구처럼, 글라이더처럼 바람에 그냥 뜬 것이 아니라
12마력 엔진의 힘으로 지구의 중력에서 벗어나
42초 동안 35미터를 날았답니다

이 순간을 위해서 사람들은 얼마나 많은 꿈을 꾸었고,
얼마나 많은 꿈이 깨어졌을까요

라이트형제가 땅 위에서 굴러다니는

자전거나 만들고 있었더라면

영원히 키티 호크의 기적은 일어나지 않았을 것입니다

신은 인간에게 날개를 달아주지 않았지만,

하늘을 날 수 있는 꿈을 주었습니다

지금의 모든 현실이 옛날에는 모두가 꿈이었지요

꿈을 현실로 만드는 것은 단순한 지능이 아닙니다

뉴컴 교수는 라이트형제보다 학문도 지능도 높았지만,

그가 한 일은 하늘을 나는 꿈을 죽이는 일이었지요

그래요, 내가 아이에게 지식을 줄 수는 없지만,

지능을 줄 수는 없지만,

하늘을 나는 꿈은 줄 수가 있어요

꿈을 현실로 만드는 의지는 줄 수가 있어요.

그네 타기

그네를 타자
누가 밀어줄까
수남이가 밀어주면
담장보다 높이 올라갈 수가 있어요

그네를 타자
누가 밀어줄까
엄마가 밀어주면
교회당 십자가까지
높이 올라갈 수가 있어요

그네를 타자
누가 밀어줄까
바람이 밀어주면
앞산보다도
더 높이 올라갈 수가 있어요

그네를 타자
누가 밀어줄까
나 혼자서 그네를 굴리면
별들이 사는 저 하늘까지
올라갈 수가 있어요

그러면 무엇이 보이니
그네를 타는
내 작은 친구들이
보여요.

초록색 별

눈을 감고 손을 벌리면
내 손은 날개가 되지요
지붕과 지붕 위로 날아다녀요

서울이 보이고 경주가 보이고
광주 부산이 다 보여요
휴전선 너머 우리와 똑같은
사람들이 살고 있는
평양도 금강산도 다 보여요

눈을 감고 두 팔을 벌리면
하늘 위를 날아다녀요

태평양을 건너서
대서양을 건너서
파리의 에펠탑이 보이고
런던의 버킹엄궁전도 보이고

그리고

뉴욕의 자유의여신상

중국의 만리장성도 다 보여요

발끝을 세우고 두 팔을 벌리면

인공위성이 되어

달나라까지 날 수가 있어요

그러면

보여요

초록빛 아름다운 별

내가 사는 지구가

달처럼 하늘에 떠 있는 것이 눈에 보여요

이 세상에 하나밖에 없는

초록색 별이…….

천억 개의 컴퓨터를 가진 아기

할아버지는 붓으로 글을 쓰고,
아버지는 볼펜으로 글을 쓰고,
손자는 컴퓨터로 글을 씁니다

컴퓨터가
우리 아기의 붓이요, 연필이요, 볼펜입니다
크레용으로 그림을 그리듯이
컴퓨터 모니터 위에서
내 아기는 엄마를, 아빠를
그리고 꽃과 로봇을 그릴 거예요

옛날 크레용은 빨주노초파남보 무지개 색만큼인데
컴퓨터의 팔레트 색은 백만 색이 넘어요

할아버지는 제기를 차며 놀았고,
아버지는 뒷골목에서 병정놀이를 하며 놀았는데,
손자는 컴퓨터 속에서 놀아요

할아버지의 꿈은 나폴레옹,

아버지의 꿈은 헨리 포드,

손자의 꿈은 빌 게이츠

그러나 컴퓨터가 내 아기를 못 빼앗아가요

내 아기의 머릿속에는

천억 개의 신경세포가 있기 때문이지요

그 뉴런 하나가 컴퓨터 하나와 맞먹는대요

그러니까 내 아기는

천억 개의 컴퓨터를 머릿속에 넣고 다니는 것이지요

이제는 겁먹지 말아요

내 아기는 천억 개의 슈퍼컴퓨터

즐거울 때 웃고, 슬플 때 눈물도 흘려요

그래서 엄마를 사랑할 줄 알아요.

세워놓고 보는 동전

백 원짜리 동전을 놓고 보십시오
겉을 보면 백 원이라는 글자가 보입니다
뒤집어 보면 100원이라는 숫자가 보입니다
같은 동전인데 겉을 보는 사람과
속을 보는 사람은 서로 다른 것을 봅니다

그러나 세워놓고 보면 아무 그림도 보이지 않고
모양도 둥글지 않고 전연 다른 동전의 모습이 나타나지요

바로도 보고 뒤집어도 보고,
보는 눈에 따라 세상은 달리 보여요
비 오는 날과 갠 날이 달리 보여요
만날 때의 시간과 헤어질 때의 시간이 달리 보여요

하지만 동전을 세워놓고 보면 또 다른 세상,
비 오는 날도, 갠 날도 아닌,
만날 때의 시간도, 헤어질 때의 시간도 아닌,

아주 다른 공간과 시간이 나타나지요

어머니와 아버지는 동전의 안과 밖의 다른 무늬지만,
그 사이에서 태어난 아이는 세워놓고 본 동전의 모서리

아이를 통해서 안과 밖이 하나가 된
또 다른 인생을 볼 수가 있는 것이지요
부모가 아이를 낳은 것이 아니라
아이가 아빠 엄마를 태어나게 한 것입니다.

신 포도를 먹고 사는 사람들

아시지요, 이솝 우화의 여우 말이에요
높은 가지에 열린 포도를 따 먹으려다가
끝내 뜻을 이루지 못해 여우는 그만 포기하고 말지요
그리고는 이렇게 말하잖아요
"저 포도는 시다"라고
여우는 못 따 먹은 것을 안 따 먹은 것이라고 속인 것이지요
남을, 그리고 자기를 말이에요

그런데 요즘 이솝 우화는 달라졌대요
천신만고 노력 끝에 여우는
높은 가지의 포도를 따 먹게 된 것이지요
그러나 이 일을 어쩌지요
그 포도는 정말 신 포도였던 것이지요

하지만 그렇게 애써서 노력한 것이 아까워서라도
남들이 못 따 먹는 포도를 자기만 따 먹을 수 있다는
　궁지 때문에

모든 여우들이 부럽게 자기를 쳐다보고 있는 시선 때문에
여우는 시고 떫은 포도를 계속 따 먹었지요
아주 맛이 있는 체하고, 저 포도는 달다고
남을, 그리고 자기를 속인 것이에요

그러다가 어느 날, 그 여우는 신 포도를 먹고 또 먹다가
드디어 위궤양에 걸려서 죽었다는 것이 현재의
이솝 우화지요
남들이 부러워하니까, 남들이 못 오르는 자리니까,
그것이 신 포도인 줄 알면서도 행복한 미소를 지으며
손 흔들고 살아가는 출세한 사람들의 장례식
그것이 우화의 끝, 우리 인생의 끝이지요

남들이 부러워하는 아이로 만들지 말고,
내 아이가 진정 좋아하는 삶을 만들어주세요
그것이 높은 나뭇가지의 포도가 아니라도 좋으니,
정말 자기 입에 맞는 포도를 발견하게 하세요.

콩나물시루에 물을 주듯이

콩나물시루에 물을 줍니다
물은 그냥 모두 흘러내립니다
퍼부으면 퍼부은 대로
그 자리에서 물은 모두 아래로 빠져버립니다
아무리 물을 주어도
콩나물시루는 밑 빠진 독처럼
물 한 방울 고이는 법이 없습니다

그런데 보세요
콩나물은 어느새 저렇게 자랐습니다
물이 모두 흘러내린 줄만 알았는데,
콩나물은 보이지 않는 사이에 무성하게 자랐습니다
물이 그냥 흘러버린다고
헛수고를 한 것은 아닙니다

아이들을 키우는 것은 콩나물시루에
물을 주는 것과도 같다고 했습니다

아이들을 교육하는 것은
매일 콩나물에 물을 주는 일과도 같다고 했습니다
물이 다 흘러내린 줄만 알았는데,
헛수고인 줄만 알았는데,
저렇게 잘 자라고 있었어요

물이 한 방울도 남지 않고
모두 다 흘러버린 줄 알았는데,
그래도 매일매일 거르지 않고 물을 주면
콩나물처럼 무럭무럭 자라요
보이지 않는 사이에 우리 아이가.

활이 아니라 하프가 되거라

보아라,
이것은 활이란다
화살을 끼우고 이 줄을 잡아당기면
반달 같던 활이 팽팽하게 휘어 보름달이 된단다
그때 잡아당겼던 줄을 놓으면
화살은 아주 빨리, 아주 힘차게 날아간단다
그렇단다, '쏜살같이'라는 말이 그래서 생긴 것이지

보아라, 이것은 하프라는 악기란다 큰 활처럼 생겼지
이 줄들을 튕기면 아름다운 물방울 은방울 같은
예쁜 소리가 들린단다
사람들은 그 소리에 맞춰 노래를 부르고 춤을 춘단다

보아라,
활은 사냥터에서, 전쟁터에서 쓰는 거란다
사냥터에서 화살을 맞은 사슴은 그 자리에서 죽고 만단다
전쟁터에서 화살을 맞은 사람은 그 자리에서 죽고 만단다

하프는, 그리고 가야금, 거문고, 바이올린, 기타
줄 달린 모든 악기는
활에서 생긴 것이라고 한단다
그러나 화살은 살아 있는 것들의
목숨을 빼앗지만
줄 달린 악기들은 죽어 있는 것들에게 목숨을 준단다
활은 전쟁, 하프는 평화!

활로 하프를 만든 사람처럼
네가 크거든
화살이 아니라 예쁜 물방울 소리로
사람들의 가슴을 적시거라
노래와 춤을 흐르게 하거라

알겠니,
활이 아니라 하프란다

오래오래 이 말을 기억하거라.

네 머리에 나비가 앉으면 리본이 되지

방 안에 피어 있는 꽃병의 꽃
정말 예쁘고 탐스러운데
왜 나비가 날아오지 않는 거지?
유리창을 닫아서
나비가 오지 못하는가보다

창문을 열어도
나비는 오지 않는다
아무리 기다려도
한 마리 나비도 오지 않는다

그래그래, 아파트가 너무 높아서 그럴 거야
나비는 엘리베이터를 탈 수 없으니까
혼자 날아서 1층 위로 2층 위로 3층 위로
나비는 높이 날아야 하는데
그만 지쳐버렸나봐

방 안이 아니라 언젠가 흙 위에 꽃밭을 만들자
아빠는 땅을 파고 엄마는 꽃을 심고 너는 물을 줘야지
꽃들이 피면 냇물을 건너서 들판을 넘어서
정말 나비가 날아올 거야

유리창 때문에 오지 못한 나비가
바람 때문에 높이 날지 못한 나비가
엘리베이터를 탈 줄 모르던 나비가
날아올 거야. 네가 물을 준 꽃을 찾아서

그리고 네가 꽃인 줄 알고
너의 머리 위에 와서 앉을 거야
노랑 리본처럼.

찰흙 놀이

찰흙 덩이를 두 손바닥 사이에 놓고
두 손을 비비면서 둥글둥글 굴린 다음
바닥에도 놓고 주먹으로 탁탁 치면
빈대떡 같은 납작 동글한 얼굴이 생겨요

가늘게 살살 비빈 찰흙으로 두 눈썹 붙이고
동글동글 비빈 찰흙으로 두 눈 붙이고
갸름하고 오똑하게 코 붙이고
송편처럼 얌전스런 입도 붙이고
3자처럼 말아서 두 귀 붙이고
얼굴 가장자리 손가락으로 꼭꼭 눌러
곱슬곱슬 머리카락 만들면
야, 다 됐다!
우리 엄마 얼굴

굵게 슬슬 비빈 찰흙으로 두 눈썹 붙이고
둥글 길쭉 비빈 찰흙으로 두 눈 붙이고

길쭉하고 뭉툭하게 코 붙이고
너부죽한 입 붙이고 귀도 붙이고
가르마 단정한 머리카락 만들면
야, 다 됐다!
우리 아빠 얼굴.

엄마 아빠는 한 사람

신발은 두 개가 있어야 신을 수가 있어
발이 두 개니까
장갑은 두 개가 있어야 낄 수가 있어
손이 두 개니까

하나만 있으면 아무 소용이 없어요
젓가락이 그렇지
양말이 그렇지
두 개가 하나가 되는 것을 짝이라고 한단다

네가 커서 친구와 단짝이 되면
너의 짝꿍이 된단다
두 사람이
한 사람처럼 되는 것이지

맞다
엄마 아빠도 짝꿍인 거야

둘이지만 하나인

짝꿍이란다

너를 사랑할 때

엄마 아빠는 하나가 되지.

이 세상에서 제일 값진 방울

방울 은방울

물방울 빗방울

솔방울 쥐방울

방울은 구르지

물방울도 구르지

솔방울도 구르지

그런데 쥐방울도 구르나?

쥐방울이 뭐야?

그래그래,

방울도 작고

물방울도 작고

솔방울도 작고

쥐방울도 작지

어른들은 날보고

쥐방울만 한 것이라고 눈 흘기지

쥐방울이 뭐지?
쥐도 방울을 달고 다니나?
방울은 작고 둥글고 굴러다니는 것
그러면 아주 예쁜 거잖아

그런데요,
이 세상에서 제일 값진 방울은요,
엄마가 날 바라보는 눈방울이래요

아빠가 열심히 일할 때
얼굴에서 흐르는 땀방울이래요.

시계

아빠 손에는 큰 시계

엄마 손에는 작은 시계

내 손에는 바늘이 돌지 않는 장난감 시계

어른들은 왜 시계를 차고 다니지요?

아빠가 출근을 할 때 늦을까봐

형이, 언니가 학교에 늦을까봐

엄마가 약속 시각에 늦을까봐 시계를 봐요

함께 만나려면

시계가 있어야 해요

함께 일하려면

시계가 있어야 해요

기차를 타고 먼 데 먼 데 가려면

시계가 있어야 해요

아빠, 엄마 시계는 다르게 생겼지만

시간은 다 똑같은 거래요

그런데 시계에서 뻐꾸기가 나와서 우는 것은 보았지만
시간이 어떻게 생겼는지는 한 번도 본 적이 없어요
하얗게 생겼나, 까맣게 생겼나?

시간은 볼 수 없어도 밤이 낮이 되는 것은 볼 수 있어요
겨울이 봄이 되는 것은 볼 수 있어요
해가 뜨고 꽃이 피는 것은 볼 수 있어요.

혀가 이겨

이와 혀가 싸우면 누가 이기겠니?
이
왜 이가 이겨?
이는 딱딱하고
혀는 말랑하니까

이는 혀를 물 수가 있어
하지만 혀는 이를 물 수 없어

정말일까?
할아버지, 할머니의 입을 보았어
딱딱한 이는 빠지고 삭아서
몇 개 남지 않았지만,
혀는 옛날 그대로거든

딱딱한 이가 힘도 세고
오래갈 것 같지만

혀한테 졌잖아

그렇단다
때로는
부드러운 혀가
딱딱한 이를 이기듯이
부드러운 물이
딱딱한 바위를 이기듯이

너처럼 작고 부드러운 것이
아주 힘세고 커다란 것을
이기는 일이 많단다
미키마우스 생쥐가
사나운 고양이를 이기듯이 말이다.

뭐든지 아빠처럼

아빠가 신문을 펴서 열심히 보시기에
나도 아빠 곁에 앉아 신문을 폈는데
신문은 너무 커서 팔이 모자랐어요
하는 수 없이 내 그림책을 펴서
아빠처럼 열심히 읽었지요
언젠가는 나도 아빠처럼 신문을 보고
온 세상의 일들을 읽게 될 거예요

아빠가 역기를 번쩍번쩍 드시기에
나도 작은 역기를 들려고 했지요
그런데 역기는 꼼짝도 않고
나만 엉덩방아를 찧고 말았어요
하는 수 없이 나는 장난감 역기를
아빠처럼 번쩍번쩍 들었지요
언젠가는 나도 아빠처럼
온 세상을 들 만큼 힘이 세질 거예요

아빠가 성큼성큼 걸어가시기에
나도 성큼성큼 걸어갔지요
그랬더니 아빠는 저만치 앞서가고
나만 뒤에 처져버렸어요
할 수 없이 종종걸음으로 뒤쫓아 갔어요
언젠가는 나도 아빠처럼 성큼성큼 걸어서
온 세상을 누비고 다닐 거예요

아빠가 마당에 구덩이를 파고
커다란 나무를 심으시기에
나도 곁에서 조그만 구덩이를 파고
조그만 나무를 한 그루 심었어요
언젠가는 나도 아빠처럼 커지고
내 조그만 나무도 크게 자라서
새 천년의 멋진 세상을 함께 볼 거예요.

잠은 솔솔

잠은 아무 소리도 없이 오는데
사람들은
잠이 솔솔 온다고도 하고
잠이 살살 온다고도 하고

눈은 아무 소리도 없이
조용히 내리는데
사람들은
눈이 펑펑 내린다고도 하고
눈이 사락사락 내린다고도 하고

새는 아무 소리도 없이
하늘에서 날고 있는데
사람들은
새가 훨훨 난다고도 하고
새가 씽씽 난다고도 하고

그러나 나도 들을 수가 있어요
내가 엄마에게 뽀뽀를 할 때
엄마 가슴이 뛰는 소리를
내가 아빠에게 뽀뽀를 할 때
아빠의 가슴이 뛰는 소리를

잠처럼 솔솔
눈처럼 펑펑
새처럼 훨훨
가슴이 뛰는 소리를 들을 수가 있어요.

4̇

헌팅턴비치에 가면 네가 있을까

살아 있는 게 정말 미안하다

아무것도 해줄 수 없다
네가 혼자 긴 겨울밤을 그리도 아파하는데
나는 코를 골며 잤나보다

내 살 내 뼈를 나눠준 몸이라 하지만
어떻게 하나 허파에 물이 차 답답하다는데
한 호흡의 입김도 널 위해 나눠줄 수 없으니

네가 울 때 나는 웃고 있었나보다
아니지 널 위해 함께 눈물 흘려도
저 유리창에 흐르는 빗방울과 무엇이 다르랴
네가 금 간 천장을 보고 있을 때
나는 바깥세상 그 많은 색깔들을 보고 있구나

금을 긋듯이 야위어가는 너의 얼굴
내려가는 체중계의 바늘을 보며
널 위해 한 봉지 약만도 못한 글을 쓴다

힘줄이 없는 시
정맥만 보이는 시를
오늘도 쓴다
차라리 언어가 너의 고통을 멈추는
수면제였으면 좋겠다

민아야
미안하다 정말 미안하다
내가 살아서 혼자 밥을 먹고 있는 것이
미안하다 민아야
너무 미안하다.

오늘도 아침이 왔다

오늘도 아침이 왔다
까맣던 밤이 가고
어제 울던 까치가
마당에 왔다

눈부신 햇살이 이부자리를 개는데
네가 누운 자리에도 아침이 왔다
먹지 못해 머리맡에 둔
사과처럼 까맣게 타들어가도
향기로운 너의 시간

오늘도 아침이 왔다
민아야. 어제처럼 또 아침이 왔다
달리다 굼*!
눈 뜨고 일어나 학교에 가야지

빨간 가방 등에 메고 인사를 해야지

어머니 학교에 다녀오겠습니다
아버지 학교에 다녀오겠습니다
손을 흔들고 처음 익힌 한글로 책을 읽듯이
가슴에 메아리치는 너의 목소리

보아라 향나무 연필처럼 조그만 키로
너 거기 있다
한 뼘도 안 되는 빨간 가죽 구두가
내 신발 곁에 있다
달리다 굼
어서 일어나 다녀오너라

세발자전거 타고 바퀴를 돌리듯
힘차게 페달을 밟아야지
아침 공기가 너의 폐를 가득 채우면
풍금을 울려 찬미가를 불러야지

저녁 인사는 하지 말거라

내일도 오늘처럼 너의 아침이 온다.

* 달리다 굼Talitha-cumi
  ˙소녀여 일어나라˙의 뜻. ˙달리다˙는 ˙소녀˙의 뜻이고
  ˙굼˙은 ˙일어나다˙의 뜻.

네버랜드로 가자

TV에서 주말 영화를 본다
Finding Neverland
감독 마크 포스터 조니 뎁 케이트 윈슬렛 주연
어릴 적 동네 아이들 모여 놀이를 하던 피터팬
백 년 전 그 연극을 만든 사람들의 이야기

아이들은 잠을 자서는 안 된단다
깨고 나면 그만큼 어른이 되니까
나도 말했지 잠을 자면 안 돼
그래야 너는 누구도 가보지 못한
네버랜드로 갈 수 있다고

너도 믿느냐
아이들이 태어나
최초로 지은 미소가
허공에 흩어지면
요정이 된다는 말

요정이 정말 있다고 생각하면 손뼉을 치세요
나는 TV 앞에서 어찌나 크게 손뼉을 쳤는지
손바닥이 얼얼했지

아빠가 손뼉을 쳤으니
팅커벨의 빛은 흐려지지 않아
다시 암흑을 치는 번갯불처럼
다시 태어나는 눈부신 섬광
너는 나는 거다
창문 밖으로 지붕 위로 하늘로
영원히 더 자라지 않아 어른이 안 되는 아이들 세상

거기 네버랜드가 있단다 너하고 나하고 우리 식구
모두가 날아다니는 그곳이 있단다

아주 옛날 영화를 보다가

나는 손뼉을 치다가 울었다

피터팬 너는 하늘을 나는 피터팬
해적처럼 검은 돛을 단 죽음의 배가 온다
그러나 너는 용감하게 싸우는 피터팬

"사망아, 너의 이기는 것이 어디 있느냐?
사망아, 너의 쏘는 것이 어디 있느냐?"

더 빨리 더 높이 하늘로 날아라

무대가 아니다
밧줄이 아니다
등에 매단 밧줄 없이도 너는 난다
영원히 어린애인 채로 내 소파에서 잠든
내 아가야

너무 큰 어른이 되어
네가 피터팬인 것을 잊고 있었다

주말 영화를 보듯이
무거운 짐 내려놓고
네버랜드로 가자
누구도 가보지 못한
어서 네버랜드로 가자.

달리다 굼

소녀여 일어나라
그때처럼 한마디 말씀
달리다 굼
소녀여 일어나라라고 말씀해주세요

그러면 아이는 잠에서 깨어나
창 너머 눈부신 빛을 다시 볼 것입니다
머리를 빗고 아버지라고 부르며
맨발로 걸어 나올 것입니다
야이로의 딸에게 하신 것처럼
한 번만 저 아이에게도 말씀하십시오

달리다 굼
나의 소녀여 일어나라
그리고 깨어난 아이에게 먹을 것을 주라고
놀란 사람들에게 말씀해주세요.

목숨의 깃발

네가 없는 세상
나는 아무데고 간다
성난 코뿔소처럼
무한궤도를 단 장갑차처럼
나는 아무데고 간다

그러다 어디 지쳐 쓰러진 언덕에
내 서러움의 말뚝을 박고
거기 네 찢긴 깃발을 세우겠다
아름답고 찬란한 목숨의 부활.

숨겨진 수의 기적

너의 영구차 번호는 40-31××
병에 시달려 힘을 잃을 때마다
네가 펴본 이사야서 40장 31절

성경에 쓰인 문자 그대로
너는 지금 힘을 얻어
독수리처럼 젊어져
하늘을 향해 깃을 친다

그리고 오늘은 네가 좋아하는 토요일
3월 17일 성 패트릭 데이 St.Patrick's Day
네가 보내는 숫자의 메시지를 나는 읽는다
숨겨진 숫자 속에서 너의 목소리를 듣는다.

죽음의 속도계

너를 묻었다 흙 속에 너를 묻었다
돌아오는 길에 사람들은
차를 세우고
국밥 한 그릇씩 먹었다

진한 눈물이 흘러 들어갔던 목구멍인데
밥과 국물이 넘어가더라
방금 너의 몸에 흙을 뿌린 그 손으로
젓가락질하며
살아 있는 사람들은 마주 보며 먹는다

이젠 검은 띠 두른 장례차도 떠나고
사람들은 제각기 자기 차를 타고
묘지의 역방향으로 달린다

죽음에도 속도계가 있는가보다
0에서 300킬로까지

대시보드의 스피드 미터 바늘이
점점 높은 숫자를 향해 움직인다.

겨울이 아직 멀었는데

마른 나뭇잎을 흔드는
바람 소리에서
흐느낌을 보고

겨울 빗방울에서
눈물을 듣는다

아직 가을인 줄 알았는데
춥다
손을 부비며
찬 바닥에 앉는다
오늘 같은 날에는
화롯불이 있었으면 좋겠다

이런 날이면
바다 건너온
너의 선물

캐시미어 털옷을

꺼내 입는다

아직 겨울이 저만큼인데.

만우절 거짓말

네가 떠나고 보름
오늘은 4월 1일
그게 만우절
거짓말이었으면 좋겠다

구급차에 실려 간다는 말
심폐소생을 받고 있다는 말
간호사의 말 의사의 말
그 말 그 말들이
모두 거짓말이었으면 좋겠다

너의 페이스북에 이렇게 쓰거라
미안해요 다 거짓말이었어요
나는 지금 여러분과 함께
4월의 봄을 맞이하고 있어요

만우절 미안해요

나의 죽음은 말도 안 되는
만우절의 거짓말이었지요.

.

사진처럼 강한 것은 없다

사진처럼 힘이 센 것도 없더라
웃고 있는 너의 미소를
눈빛 속의 생명을
세상 어떤 고통 어떤 질병도
너의 얼굴을 지우지 못한다

사진처럼 영원한 것도 없더라
죽음의 그림자도 너의 빛을
가리지 못한다
겨울이 오고 바람 불고
밖에 서리가 내려도
사진 속 장미는 시들지 않아

사진처럼 슬픈 것도 없더라
손을 뻗어도 다가오지 않는 너
정적밖에는 듣지 못하는 너
나는 울고 있는데 너는 웃는다

딴 세상 속의 고요

하나님은 사진사
사진처럼 힘세고 슬픈 것도 없더라.

사진 찍던 자리

스마트폰으로 찍어둔 네 모습

지금은 가을 담쟁이

빨갛게 물든 자리

네가 웃고 서 있는 자리

지금은 단풍잎

흔드는 바람

네가 서 있던 흙 위에

무성했던 여름의 흔적은

노란 잡초

셔터를 누르는 순간의 순수한 영원

지붕 위 구름은 흐르지 않고

허공 속 새도 멈춰 있구나

너 그대로 옛날 그대로

하나님은 정말

기적의 사진사인가보다.

하나의 아침을 위하여

세상에는 많은 밤이 있다
전등불이 켜지는 창마다
창만큼의 밤
가로등이 켜지는 보도마다
보도만큼의 밤

너의 방과 나의 방에는
서로 다른 밤이 있다
어둠의 칸막이 속에서
저마다의 베개가 있다

촛불과 호롱불이 다르듯
백열등과 형광등이 다르듯
하늘에도 별빛만큼 다른 밤이 있다

눈을 뜨면 그 많던 밤은 가고
부활의 아침이 온다

오직 하나의 아침을 위하여

떠오르는 태양을 보거라

너의 아침은 나의 아침

아침은 하나.

전화를 걸 수 없구나

죽음이란 이렇게도 명백한 것이냐
전화를 걸 수 없다는 것

아이폰이 뭣인가
아이폰 2 아이폰 3
이제는 아이폰 4가
나온다고 하던데

그게 무슨 소용이냐

어제만 해도 단축키를 누르면
너의 목소리가 들려왔는데
전원이 꺼져 있어도
문자메시지를 보낼 수 있었는데

아 전화기가 아무리 스마트해도
너의 단축키 숫자가

무슨 소용이랴

빈 전화의 신호음 허공에서 맴돌다
사라지는 바람

너에게 전화를 걸면
녹음된 여자의 목소리가
전원이 꺼져 있어 전화를
받을 수 없다고 하는구나

모르는 소리 마라 이 바보들아
전원이 아니다
목숨이 꺼진 거다
배터리 충전해놓고
기다린다 너의 전화를

착신음이 들리면 혹시나 해서

황급히 호주머니에서
전화기를 꺼낸다

네 번호가 여기 있는데
단축번호 1번에 네가 있는데

너의 전화를 기다리는
땅끝의 아이들 있으니
어서 일어나 전화를 다오
배터리 충전해놓고
기다린다 너의 전화를.

기억 상자

바람개비는 바람의 상자
조개껍질은 바다의 상자
너는 내 기억의 상자

차양이 넓은 하얀 모자 아래
흔들리는 그네 위에
조개껍질 같은 작은 신발 속에

상자 속의 너는
언제나 작은 목소리로
'아빠'라고 부른다

목도리를 두른 겨울 기억들은 따뜻하고
등에 업힌 너는 체중이 없다

바람개비는 바람의 상자
조개껍질은 바다의 상자

너는 내 기억의 상자.

네가 앉았던 자리

네가 앉았다가 떠난 의자에
내가 앉는다
네가 빠져나간 것만큼
가벼워진 나의 몸무게

과학실험을 했더니
영혼의 중량은 21그램
라면 한 젓가락의 무게
영화 제목이 그렇게 말하더라
정말
그렇게 가벼우면 좀 좋으랴

그렇게 가벼우면 떠서 난다
구름이 흘러간 자국처럼
네가 앉았던 자리에 놓인

물건들마다 공중부양

요술처럼 떠다닐 거다
너처럼 지하에 묻히겠는가

네가 앉았던 자리가
소파와 방석과 하얀 시트가
눈부신 하늘의 구름이 된다

오늘 살아서
나 혼자 땅끝
하늘의 구름을 본다

네가 못 보는 강가의 조약돌
바다의 모든 것
산의 모든 것

황혼과 그냥 까맣기만 한
밤을 나 혼자 본다

네가 못 듣는 빗방울 소리
나 혼자 누워서 듣는다

오늘 살아서
시계를 보고 집을 나선다
어제처럼
네가 없는 시간 속으로
혼자 간다

네가 없다
같이 있었는데
같이 있었는데

아
정말 같이 있었는데
네가 없다

거기 그 자리 네가 앉아 있었는데

네가 없다.

옛날에는 그러지 않았는데

피었다
시드는 꽃을 보면 눈물이 난다
옛날에는 그러지 않았는데

텔레비전 연속극에서 누군가 울면
나도 따라 운다
옛날에는 그러지 않았는데

흐린 날 안개 속에 산이 없어지고
답답한 유리창에 빗방울이 흐르면
나의 눈에 눈물방울이 구른다
옛날에는 그러지 않았는데

신문을 읽다가
오랫동안 잊고 살았던 너와 비슷한
이름을 발견하면
어느새 차가운 눈물이 흐른다

옛날에는 그러지 않았는데

옛날에는 그러지 않았는데
거울 속의 나를 우두커니 서서 바라보면
거기 남의 얼굴처럼 주름진 모습
눈물이 흐른 자욱이 보인다
정말 옛날에는 그러지 않았는데.

네 생각

눈 부비며 일어나
칫솔질을 하다가
신발을 신으며
고개를 들다가
창밖을 보다가
말을 하다가
웃다가
기침을 하다가

네 생각이 난다
해일처럼 밀려온다
그 높은 파도가 잠잠해질 때까지
나는
운다.

그 많은 사람들이 저기 있는데

이렇게도 많은 사람들이 있는데
이렇게도 많은 사람들이 길을 건너는데
그 사이에 너는 없다

이렇게도 많은 사람들이
의자에 앉아 차를 마시고 있는데
너의 찻잔은 없다

이렇게도 많은 사람들이
버스 정거장에 서 있는데
그 많은 얼굴 가운데 너는 없다

새도 저녁이 되면 둥지를 찾는데
너는 무슨 연유로 저녁 일곱 시가 넘었는데
돌아오지 않느냐.

돈으로 안 되는 것

내가 아무리 돈이 많이 생겨도
이제 너를 위해 아무것도 살 수 없다
네가 맛있다고 하던 스시조의 전골도
봄이 올 때까지 방 안에서 걷겠다고
워킹머신 사달라고 하던 것도

아니다

억만금을 주어도 네가 원하는 머리빗 하나
초콜릿 한 조각도 나는 살 수 없다

돈으로 안 되는 것이 이리 많은데
왜 사람들은 오늘도 돈 돈 하는가

그렇구나

돈도 죽었다

지폐에는 죽은 사람 얼굴만이 그려져 있더라
조선조 옛날 옛적 역사책 사람들만이
그려져 있더라

돈은 벌써 죽었는데
이상하다 사람들은
오늘도 돈 돈 하는구나.

죽음에는 수사학이 없다

내 일찍이 수사학 공부를 했다
내 일찍이 수사학 교수가 되어
강의실에서 아이들을 가르쳤다

그러나
죽음 앞에서는 수사학은 없다
어떤 조사도 죽음 앞에서는
무력하다

어떤 조화에도 수사학은 없다
회사 이름과 회장 이름은 있어도
수사학은 없다

반어법도 과장법도 은유도 환유도
죽은 자나 산 자나 입을 다문다

어떤 꽃도 죽음을 장식할 수 없는 것처럼

어떤 말도 죽음을 수식하는 직유법은 없다

오직 검은색만이 있고 말은 없다.

무덤

이건 슬픔이 아니라
분노다

이건 분노가 아니라
절규다

이건 절규가 아니라
무덤이다.

지금 몇 시지

세수를 하다가
수돗물을 틀어놓고
울었다
남이 들을까 몰래 울었다

그러다가
수건으로 얼굴을 씻으며
묻는다

오늘이 무슨 요일이지
지금이 몇 시지
네가 생각나지 않는 것처럼.

가나의 결혼식

눈물로 얼룩지게 하지 마라
너는 하늘의 신부
땅에서처럼 더럽혀지지 않는
첫눈 내린 날의 순수한 백색

가나의 결혼식장에서
술 걱정은 하지 마라
맹물이 포도주가 되는
기적이다 하늘의 신부야
네가 하늘의 신부 옷을 입고
성스러운 결혼식을 올리는 잔칫날이다

울지 마세요 박수를 치고 축복하세요
하늘의 신부가 된 내 딸을 위해서
부디 눈물을 뿌리지 마오

맹물로 만든 진한 포도주 한 잔씩 마시고

노래하세요

이별 없는 결혼, 구름만큼 하늘만큼 희고 푸른
신부의 의상
너는 하늘의 신부, 가나의 결혼 잔치처럼
마셔도 마셔도 떨어지지 않는
주님이 만든 포도주의 잔치.

하늘의 신부가 된 너의 숨소리

지금도 너는 숨을 쉰다
붓 끝에서 흘러나오는
글씨와 글씨 사이에
점과 점
여백과 여백 사이에
네가 숨 쉬는 소리가 들린다

폐에 물이 찬 가쁜
숨소리가 아니다
긴 겨울밤 문풍지를 울리는
고통의 한숨 소리가 아니다

높은 천장 스테인드글라스
천사들이 뿌리는 꽃가루처럼
찬란한 햇빛이다

너는 하늘의 신부

숨을 쉬어라
찬미가와 찬미가 사이에
네가 남기고 간 말소리가 있다

페달을 밟듯이
책장을 넘길 때마다
파이프 오르간 같은
너의 숨소릴 듣는다

네가 남기고 간 말과 말 사이
숨과 그 숨 사이
우리와 함께 숨 쉬던
너의 호흡

하늘의 신부가 되려고
벗어놓고 간 너의 옷 너의 구두
네가 쓴 책장 사이에

먼 데서 옷자락 *끄*는 신부의

발걸음 소리.

혹시 너인가 해서

이상한 새
창가에서 우는 새
혹시 너냐
보고 싶어 왔느냐
왜 더 울다 가지

아니다 그냥 그 산새

이상한 바람
창문을 두드리는 바람
혹시 너냐
그리워서 왔느냐
왜 문만 흔들고 가니

아니다 그냥 그 바람
이상한 새
이상한 바람

혹시 너인가 해서

너인가 해서.

.

바람 부는 저녁

너 정말 멀리 갔구나
추우면 돌아올 거지 다리 아프면 다시 올 거지

아니다 무슨 소리
아픔의 풀도 눕고
슬픔의 나무도 쉬는 하늘

안다 너무 눈부셔 볼 수 없는
너의 천국 조용한 데서
너 사는 곳 왜 모르겠니

그래도 바람 부는 저녁
문지방으로 다가오는
낮은 발자국 소리

어린아이처럼
"아빠" 하고 부르는

너의 목소리.

헌팅턴비치에 가면 네가 살던 집이 있을까

네가 돌아와 차고 문을 열던 소리를 들을 수 있을까

네가 운전하며 달리던 가로수 길이 거기 있을까

네가 없어도 바다로 내려가던 하얀 언덕길이 거기 있을까

바람처럼 스쳐간 흑인 소년의 자전거 바큇살이

아침 햇살에 빛나고 있을까

헌팅턴비치에 가면 네가 있을까

아침마다 작은 갯벌에 오던 바닷새들이 거기 있을까.

5

부록

만전춘의 오리가 우리에게로

청자 원앙 연적

올하 올하 아련 비올하
천 년 전 고려가요 만전춘의 오리가
언제 이곳으로 날아왔는가

짝 없이는 못 사는 원앙이라
입을 벌려 혀를 세우고
사랑을 부르는 소리가 들리는구나

여울만 있으면 금시 물을 차고 날아오를 몸짓
곧추세운 두 날개는 차라리 바람을 가르는 칼날
무슨 영롱한 꿈을 담았기에
동그란 가슴은 비취의 구슬
홀로 있어도 외롭지가 않구나

더 뺄 것도 없고 더 보텔 것도 없다
완벽한 대칭의 기하학
정말 사람이 빚은 연적인가

오리야 오리야 어린 비오리야

천 년 전 고려인들이 부르던 노래

지금 우리에게로 헤엄쳐 온

원앙새 한 마리.

마음을 담은 연적
청자 철화 초화문 연적

아무리 따르고 따라도 저 작은 청자 안 슬기의 물은 마르지
　않고 흘러나온다. 처음부터 그것은 물이 아니라 마음을
　담는 연적이었기 때문이다.
고려인들은 그 안에 이루지 못한 한을 담고 노래하지 못한 가
　락을 담고 다 이르지 못한 말의 사연을 담았다. 때로는 부처
　님 앞에 엎드려 빈 서원을 담는다.

그것들이 흙을 비집고 배어나 신묘한 청자 빛이 되고 불룩
　하게 팽창하여 표주박 모양을 이루었다.
우리도 가끔 이런 청자 하나 있으면 고려인들처럼 슬기의
　물을 따라 글을 쓰리라. 세상 어느 물로도 채울 수 없는 갈
　증이 있기에 오늘도 청자 철화 풀꽃무늬 앞에서 합장을
　한다. 그리고 한 방울의 차가운 물이 우리 뜨거운 가슴으
　로 떨어지는 선뜻한 감촉을 느낀다.

서양 사람들은 금을 탐내어 연금술을 만들었다. 하지만 누구도 성공하지 못하고 모두들 역사의 뒤안길로 사라졌다. 동양 사람들은 비취를 탐내어 도자기 기술을 닦았다. 그러다가 정말 비취보다 더 푸르고 아름다운 옥돌을 만들어냈다. 그래서 청자를 만든 도공들은 천년이 지나도 역사의 한자리 위에서 숨 쉰다.

그 가운데서도 우리는 지금 천 년 전 청자 퇴화 능화문 매병 앞에 서 있다. 매화를 일러 빙기옥골이라 하더니 이 매병을 두고 이른 말인가. 어느 여인의 허리가 저토록 풍요하고 그 살결이 저리도 곱겠는가.

그러나 퇴화 능화문이 그려내는 입체성과 비대칭의 힘찬 선은 남성의 손처럼 그 신비한 선을 어루만진다. 음이 있으면 양이 있고 정이 있으면 동이 있다. 푸른 하늘은 구름이 흘러가도 그 흔적을 남기지 않는 법. 고려청자가 하늘이라면 꽃은 구름이다.

고려청자의 빛을 두고 비색秘色이라고 했다지만 삶의 모순을 끌어안고 융합한 저 청자의 빛이야말로 천년을 두고 풀어도 풀리지 않은 비밀스러운 빛깔이다.

어디에 있다가 이제 왔는가

청자 퇴화 당초문 표형 주자

이게 정말 붓으로 그린 퇴화 청자란 말이냐. 잘록한 목을 향해 뻗어 올라간 당초잎의 완만 조화여! 굽이치는 물결 같기도 하고 타오르는 불길과도 같으니 청자의 공간 위에서는 물과 불도 다투는 일이 없다.

머리 위 고사리 모양의 흑백 곡선이 흘러내린 머릿단이라면 백토로 찍은 두 개의 점선은 목에 두른 진주의 목걸이인가. 비가 내린 뒤 언제 껍질을 벗고 솟아난 죽순이기에 병의 주구에서는 금세 아롱진 빗방울이 떨어질 것만 같다.

보고 또 봐도 조용하게 너 거기 있구나. 작은 몸뚱이인데 무슨 무게로 그리도 의젓하게 앉아 있느뇨. 보는 사람인들 어찌 함부로 옷을 풀고 마주 대하랴. 오호 천년의 거룩한 친구요. 어디에 있다가 이제 왔는가.

국화, 점들의 기도
분청 인화 국화문 병

누가 분청사기를 보고 거친 솜씨라고 했는가
누가 판박이 인화 문양이라고 값싸다 여겼는가

보거라 국화 점무늬로 치장한 당당한 이 몸뚱어리
낡은 종이에 도장 찍듯 함부로 찍은 연주 문양이 아니다
누가 대량으로 군 사기그릇이라 하여 천하다 말했는가

정화수에 손 모아 소원을 빌듯
이리도 정성껏 새겨놓은 점들의 기도
한 송이 한 송이 차가운 서리 속에 국화가 피듯
백에는 백, 천에는 천, 찍힌 점마다
제각기 다른 음성으로 살아나는
흙의 목소리

잘록한 병목을 향해 손을 내밀면
점이 선이 되고 선이 파도가 되어
가까이 다가오는 목숨의 부피.

너와 내가 하나가 되듯
백자 상감 모란문 편병

그래 움푹 팬 두 개의 접시가 서로 어우러지면
너와 내가 만나 하나가 되듯 편병이 된다
그것도 그냥 흔한 편병이 아니라
여기 모란문을 상감한 조선조 백자의 명품 같은

그래서 우리 마음은 조용해도 늘 어쩔 수 없이
모란 둘레를 맴도는 수줍은 줄기로 뻗어
때로는 깊게 때로는 얕게 그리움의 농담을 상감한다

앞의 면은 뒷면을 닮고, 뒷면은 앞의 면을 닮아
서로가 서로를 거울처럼 비춰준다

너와 내가 만나 모란꽃으로 피어나면
그래 정말 두 접시가 하나가 되듯
백자 모란문 편병이 된다.

천년의 침향
백자 청화진사 연화형 필세

이것은 물 위에 핀 연꽃이 아니다
사기장의 가슴이 가마가 되고
타오르는 열정이 불길이 되어
백 년이 넘어도 시들지 않는 꽃이 되었다

아니다 사기장도 몰랐다
청화가 파란 호수가 되고 진사가 저토록 고운 노을이
　될 줄이야
꿈에서도 보지 못한 빛깔이다

흙과 불의 대화 속에서 정성과 우연의 어울림에서
뜻하지 않게 백자의 흰 속살이 드러나기도 하고
검붉은 얼룩이 연잎마다 입체의 그늘을 만든다
이 신묘한 변화를 사기장들은 일러 요변窯變이라 했다

아니다 요변이 아니다
흙으로 빚은 연꽃 모양의 백자 사발이 아니다

얼마나 간절한 비원이었기에

땅속에 묻혀 있던 천년의 침향沈香이

지금에서야 저리도 향기롭게 피어나는가.

헌팅턴비치에 가면 네가 있을까

초판 1쇄 인쇄 2022년 2월 28일
초판 2쇄 발행 2022년 3월 28일

지은이 이어령
펴낸이 정중모
펴낸곳 도서출판 열림원

출판등록 1980년 5월 19일(제406 − 2000 − 000204호)
주소 경기도 파주시 회동길 152
전화 031 − 955 − 0700
팩스 031 − 955 − 0661   페이스북 /yolimwon
홈페이지 www.yolimwon.com   트위터 @yolimwon
이메일 editor@yolimwon.com   인스타그램 @yolimwon

주간 김현정   마케팅 · 홍보 김선규 최가인 임윤정
편집 조혜영 황우정 최연서   온라인사업 서명희
디자인 지노디자인   제작 관리 윤준수 이원희 고은정 원보람

ⓒ 이어령, 2022

ISBN 979-11-7040-081-3 03810